HUMBLE REQUÊTE

PRÉSENTÉE A

MONSIEUR J.-B. KRANTZ

Sénateur

Grand-Officier de la Légion d'Honneur

Commissaire général de l'Exposition universelle de 1878

PAR

LE TOURNIQUET-COMPTEUR

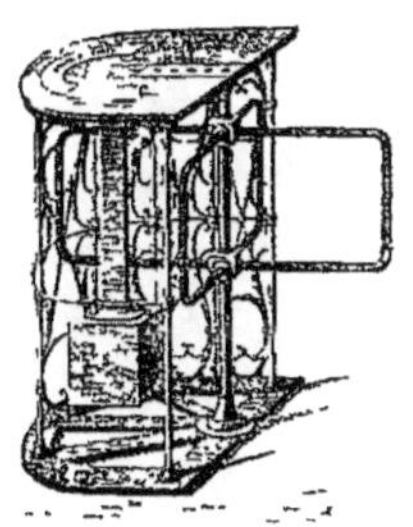

PARIS

IMPRIMERIE MOTTEROZ

31, rue du Dragon.

1878

HUMBLE REQUETE

PRÉSENTÉE A

Monsieur J.-B. KRANTZ

HUMBLE REQUETE

PRÉSENTÉE A

Monsieur J.–B. KRANTZ

Sénateur

Grand-Officier de la Légion d'Honneur

Commissaire général de l'Exposition universelle de 1878

PAR

LE TOURNIQUET-COMPTEUR

~~~~~~~~~~~~~

Je suis le Tourniquet. Je sors de ma retraite,
Et veux savoir enfin pourquoi l'on me maltraite.
Pourquoi l'on affichait naguères à grands frais
Que je serais banni de votre beau Palais.
Vous m'avez condamné sans ouïr ma défense;
Je n'ai pas protesté jusqu'ici; mais je pense
Que vous allez permettre au pauvre Tourniquet
De plaider son procès contre votre ticket.
Je tiens à vous prouver qu'innocente victime
Par de méchants rapports on m'a chargé d'un crime
Dont vous fûtes, hélas! trop prompt à m'accuser.
Mais je veux vous convaincre et vous désabuser.
~~~~~~~~~~~~~

Ma naissance n'est point de celles qu'on décrie ;
Mon père porte un nom fameux dans l'Industrie ;
Je pourrais vous parler de ses mille travaux,
Mais je cite entre tous, chef-d'œuvre sans rivaux,
L'horloge combinée avec tant de science,
Construite avec tant d'art, dont sa munificence
A doté ce Musée où du progrès humain
Chacun peut pas à pas remonter le chemin.
De mon père à jamais notre Conservatoire
Aux âges à venir léguera la mémoire.
Et moi, de ses enfants le plus humble, je crois
A l'estime publique avoir acquis des droits ;
Porté sur tous les points de la machine ronde,
Comme notre drapeau j'ai fait le tour du monde.
Vous seul, Monsieur, vous seul me dédaignez, hélas !
Moi, qui vous ai tenu si souvent dans mes bras !

De l'imperfection je serais le modèle !

Que me reproche-t-on ? D'abord, d'être infidèle.
Infidèle ! Qui ? Moi ? Mais dans quel intérêt ?
Tourner, compter et puis rentrer au cran d'arrêt.
Là se borne mon rôle. En bonne conscience,
Ne peut-il arriver que, par insouciance,
Distraction, que sais-je ? ou maladresse encor,
Plusieurs fois en un jour un employé butor,
Pour un seul visiteur qui se présente, laisse
Tourner deux de mes bras au lieu d'un ?... A la caisse
Il manque alors autant de fois le prix fixé
Que la fausse manœuvre aura recommencé.

Est-ce ma faute à moi? Chassez cet imbécile !
Mon compteur est exact, la preuve en est facile.
Vérifions d'abord avant de condamner,
Voyons les résultats que l'essai va donner :
Si mon compteur va bien, c'est de deux choses l'une.
Préposé maladroit, ou voleur, et chacune
De ces deux raisons-là suffit pour son renvoi.
Si le compteur va mal, il faut s'en prendre à moi :
Mais ne peut-on parfois avoir de la faiblesse
Quand on travaille tant ? Souvent un peu de graisse
Ranime en un instant mes organes lassés.
Donnez-moi quelquefois à boire, et c'est assez
Pour que je puisse encor parcourir ma carrière
Sans décompter jamais, sans rester en arrière,
Tel le cheval de fiacre, excellent serviteur,
Auquel un peu de foin rend sa première ardeur.

Je vais aussi parler d'une erreur sans pareille,
C'est lorsque dans la caisse, ô surprise! ô merveille !
On trouve plus d'argent que n'en dit le compteur.
De ce nouveau prodige est-ce donc moi l'auteur.
Peut-être. Mais la chose est encor fort aisée
A constater. Ma dent par le travail usée
A bien pu, par malheur, se raccourcir au point
De ne plus entraîner le compteur. Ce n'est point
Un inconvénient bien grave, car en somme,
Le préposé, fût-il dix fois malhonnête homme,
Ne saurait profiter de mon faible péché,
Attendu qu'à ses yeux mon compteur est caché.
On retrouve l'argent et l'on n'a pas à craindre

Qu'il en manque un centime. Alors, pourquoi se plaindre ?
Si bon nombre d'humains ont de faux râteliers,
Pour me poser des dents n'est-il plus d'ateliers ?

Ainsi donc, au grand jour l'erreur se manifeste ;
On s'assure aisément à qui la faute en reste,
Et s'il est un coupable on le peut désigner.
Mais, avec le ticket, il faut se résigner
A se laisser voler. Malgré la surveillance,
Des filous peuvent bien être d'intelligence
Pour escroquer par jour un assez beau denier.
La chose est arrivée, on ne peut le nier,
Puisque trois maladroits, se croyant fins comme ambre,
Ont néanmoins passé par la sixième chambre.
Mais il s'en peut trouver qui n'ont pas été pris.
De leurs larcins jamais qui peut savoir le prix ?
J'ai donc sur le ticket un immense avantage,
Inconscient, j'accuse erreur, fraude ou dommage.

On pourra bien encor m'objecter que mes bras
Obstruant le chemin, causent des embarras ;
Que les dames surtout avec leurs envergures
Tremblent pour leurs volants et pour leurs garnitures.
Mais les jupes-ballons ne sont plus aujourd'hui
Qu'un lointain souvenir ; à présent, un étui
Renferme le beau sexe, et je pourrais, sans gêne,
Contenir dans mes bras Madame avec sa gaîne.

Le contrôle est plus long ? — Eh ! bien. moi, je prétends
Qu'il est bien plus facile et veut bien moins de temps.

Avec moi, sans arrêt le public paie et passe.
Tandis qu'en vos couloirs un vrai troupeau s'entasse
On se presse, on se pousse et l'on est aux abois.
Puis on est obligé de s'arrêter deux fois :
Pour donner son billet, ensuite le reprendre.
Et passer au guichet où chacun doit le rendre.

Relégué six longs mois dans l'exil qu'on me fit,
J'ai songé dans mon gîte et compté le profit
Qu'on eût pu recueillir en prenant mon système.
(Je sais, sans me flatter, compter comme Barême.)
Soixante tourniquets qu'on vous loue un franc l'un
Par jour : soixante francs. Ensuite, pour chacun.
Deux hommes de service ; admettons qu'on les paie
Sept francs par jour au plus ; cela donne en monnaie
Huit cent quarante francs, plus soixante : Neuf cents.
C'est ce que coûterait mon contrôle. A mon sens
Le vôtre est bien plus cher, faut-il que je le prouve ?
Faisons donc le calcul et voyons ce qu'on trouve :
Multipliant neuf cents par cent quatre-vingt-dix.
Total des jours depuis le premier mai, je dis
Que nous avons en francs cent soixante-onze mille.

Comparons mon système au vôtre, c'est facile ·
D'abord. vous occupez tout autant d'employés.
Et nous savons déjà combien ils sont payés.
Chacun d'eux est de plus muni d'une machine
A compter, qu'on n'a pas eu pour rien, j'imagine.
Soixante mille étant. je suppose, par jour
Le nombre des tickets achetés, en retour

Il nous faudra compter le chiffre de remise
A deux pour cent, donnant, sans erreur ni méprise,
Douze cents francs qu'il faut multiplier aussi
Par le nombre des jours. Le produit qu'en voici
N'est point à dédaigner, c'est deux cent vingt-huit mille.
En outre, il faut payer un graveur fort habile,
Acheter du papier, l'imprimer à grands frais,
Tout cela représente un pour cent, à peu près :
Mettons cent mille francs. — Ainsi votre méthode
Que l'on peut appeler compliquée, incommode,
Vous a coûté tout près de cinq cent mille francs.
Tandis qu'avec la mienne, entre nous, soyons francs,
Nous économisions trois cent vingt mille livres ;
Et par le temps qui court, comme on dit dans les livres,
(Pardonnez-moi, Monsieur, mon style trivial),
Ça ne se trouve point dans le pas d'un cheval.

J'ai dit trois cent vingt mille, et crois être modeste.
Mais je n'ai voulu rien exagérer. Du reste,
Les chiffres de recette ont été conservés,
On peut les consulter. Ils sont plus élevés.
J'en suis presque certain, que ma faible moyenne ·
Soixante mille francs de vente quotidienne
De tickets, que j'avais supposée au début.
S'il en était ainsi, j'aurais atteint mon but,
Car j'aurais démontré que, plus votre recette
Serait grande en un jour, plus la remise nette
De deux pour cent serait forte aussi ce jour-là.
Ce système est du mien différent en cela
Qu'on ne peut estimer d'avance ce qu'il coûte.

Et pour bien établir un budget, sans nul doute,
Il est bon de savoir ce qu'on va dépenser.
Moi, je vous fixe un prix qu'on ne peut dépasser :
Que la recette baisse ou bien qu'elle remonte
Chaque jour ma dépense arrive au même compte.

Je termine en deux mots, Monsieur le Sénateur,
De ce trop long discours excusez l'Orateur ;
De parler aux puissants je n'ai pas l'habitude.
Et je conclus tout net : Sûreté, promptitude,
Économie enfin, voilà mes qualités.
Des contraires défauts qui me sont imputés
Si j'ai su me blanchir à vos yeux, je l'espère,
Vous rendrez cette fois un arrêt moins sévère.

Ne croyez pas, surtout, qu'infime moucheron,
Je veuille lâchement vous piquer au talon,
Vous n'êtes point de ceux qu'on outrage, et ma plainte
Ne peut à vos succès porter aucune atteinte.
On célèbre partout vos glorieux labeurs,
Et qui fut à la peine a bien droit aux honneurs.
Je suis trop bon Français pour me joindre à la tourbe
Des frelons impuissants ; humblement je me courbe
Devant votre génie et n'ai qu'un seul regret,
C'est..... qu'à moi vous ayez préféré le ticket.

LE TOURNIQUET-COMPTEUR.

PARIS. — IMPRIMERIE MOTTEROZ

rue du Dragon. 31

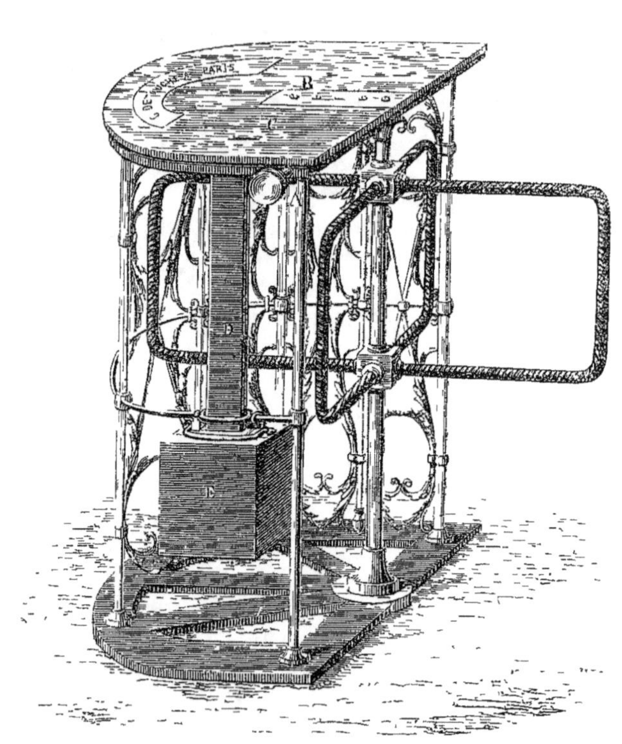

DESBOUCHES A PARIS
B
C